ひかりへ

紺野とも

思潮社

カバー写真＝山本まりこ
装幀＝思潮社装幀室

ひかりへ

すべての坂がつうじ、匿れて川がゆき、デジタルサイネージに囲まれた場所、言説《ディスクール》の故郷。清と濁のメレンゲがふりそそぐスクランブル交差点を眼下に、追憶よりも再生と抱擁をねがいあたらしいひかりのながれるほうへ。

氷魚

調整豆乳と３６５日のパン
低体温で低血圧で血液も貧しい朝に
なるべく好きなものを摂取して
転がりそうになりながら
マットなツヤ肌づくり

目の端に流れ込むニュースには
仮死状態にされ氷に埋もれた魚

運ばれて息をふきかえす
かすかな尾のうごき

几帳面にメイクをすれば
すこしはかわいいかもしれない
着こなしやすい服を着回そう
好きなものを
好きなように
おしゃれはなにより自分のために

きょうのタスクは
ディスカッションのためのディスカッション
のためのディスカッション
というマトリョーショカ

底にいるのは
プレゼンデータのパワポスライド作成
のための資料集めと下調べ
ディスカッションは好きじゃない
声を上げないサイレントマジョリティでいい

わたしたちはとても自由でたのしくて
気になることといえば
昨夜のＬＩＮＥが既読にならない
　　　　　　　　　　　こと
　　　　　　　　　　　くらい

――

　喰われる運命の仮死の魚ではない

サイレントマジョリティでいたい

個を求められすぎるいまがやるせないから
氷のなかでつめたくなった魚の想い
脇にたずさえ生きてゆく

祝祭のはじまり

暗渠になること受け入れた理由を
答えないで川よ

流れをぬうみじかい地下街
目的地に着かせてもらえず
押し出されて一八時
海でもないのに
大波が寄せている

谷底に群れ
てのひらをあわせて鳴らして
（ここはどこ）
ブルー
（騒擾）
きょうだけはよいのだ
夢をみても
抱き合っても
愛を叫んでも
ゆるされる
ブルー
（鼓騒）
はじまったばかりの

谷底の群れの祝祭
六月の青い衣《きぬ》

海《ブルー》に溺れるなら
気をつけなさい
いつか飲み込まれ
自分のことわすれるから
球だけをみつめなさい

教わったことがなくても
からだは跳躍する
よろこびの発破は勢いを増すばかり
ものいわぬ暗渠《かわ》

流れはかすかにほほえんで

歩道橋

クロネコヤマトからお届けのおしらせがＬＩＮＥに届く。この日なら早く帰れるだろうと時間指定しても、もしかしたら受け取れないかもしれないそのときはごめん。ファミポートに向かって受け取り番号13桁と確認番号5桁を入力し出てきたレシートをレジで差し出し受け取るのは先月買いそびれた雑誌のバックナンバーほしかった付録。月末に受講することにしたセミナーの申し込みはＰｅａｔｉｘのサイトから行う。すべて両手のスマホで完結する時代、ロックがかかったら文鎮化する自縛の一台。変わっていくんだね……閉鎖された青山劇場、こどもの城はフェンスに取り囲まれて昏いところから岡本太郎だけは顔を少しのぞかせてプレゾン《PLAY ZONE》、とおのく記憶を呼び覚ます。このあたりはむかしはそれは辺鄙な場所で下屋敷というものが点在していたのです。無数の砕けた染付が顔を出しては完品になりたいと泣いて訴えてきたけどできあがりはおまかせしますなんて委ねられても困る。濃いコバルトが新しい時代の到来を期すことは教わらなくてもわかる。かわいいピンクはいまを生きるわたしたちだけのものだと生まれた時から知ってる。ブルベ夏の肌・ウェーブ骨格の身体に合う服を着て246を青山方面から歩くとひと月ごと変わってしまっている表参道。かつて丁字路には横断歩道がなかった。締め上げられてたボトルネック、立往生を避け歩道橋が賑ったのもいまはむかし、首輪解き放たれて人はそちらに流れた、それでももう歩道橋を渡らないとは誓えない。「捨てなよ」と片づけのカリスマが言う「人生ときめくよ」とカリスマが言う、それでももらった指輪たちを大切に持っている身上ゆえこんまりメソッドはすこしハードルが高くってもう歩道橋を渡らないってたぶんいうことができない、そこにいてくれるかぎりは。246に渡された橋、落書きだらけの歩道橋、伊予松平藩の下屋敷があったんだよこの場所には。新幹線の予約をスマートEXで。国際線も羽田から。きみと歩いたなつかしい道、別れ際の友情の握手だけはきっと変わることがない。

石段

神社の石段のぼる
チヨコレイト　×
パイナツプル　×
グリコ　○
グリコ　○
グリコ　○
グリコばかりで喉かわく
みっつずつしかすすめない

（何段あるんだろ）
（のぼりきれない）
見あげ見おろし
フラットなパンプスとスニーカー
すれちがって
みんなが呼んでる
（いくよはやく）
（おわれないよ）
ひとりになっても三段ずつ
グリコ　グリコ　グリコ
ひとりあそびにかわった

坂道をそれ

神社の石段のぼってみる
ヒールは三センチ
かかとが痛い
せまい境内で手水に目もくれず
五円玉二枚
投げて鈴鳴らし
手を合わせて
（なにもうかんでこない）
（ねがいごともない）
そんなときもある

濃紺のそらひろがっている
境内の端からからとべば

露と消ゆることは可能なのかしら
とぶときは七センチのヒールを脱ぐのが御作法
おねがいごとのかわりに
いろんな人の顔がめぐり
めぐって
とぶことはかなわず履きなおした靴
神社の石段おりて
日常の坂にしずんだ
めぐって

荘厳みにかける馥郁とした記憶から
みんないなくなってしまった
小田原提灯ぶらさげて

公園の噴水のそばにつどっていたら
うすい靄のなか飲み込まれるように
気づかないうちに

浚渫

天井からぶらさがる腸詰をながめていた
石の建物
相席の丸テーブル
山と盛られた蜆を埋めて
いつかはここを貝塚にしたい

九圓十尖という季節《しゅん》の反対側いまおぼろ月

蟹は
横歩きしかできないはずなのにまっすぐに歩く

上海蟹は
腹を割られ詰め物をされ緘口令
こわしたいこわれたい
こわさないで
泣きはらした目ん玉を物好きが喰らう
甲殻微動だに
しない

横歩きは限界と
空芯菜のつるで首を巻いて自壊した
甲羅に断末魔の軋み

結晶が分裂してできた浚渫
足掻く潮招《しおまねき》

石の建物の脇
しろいにおいの茹で汁が
エンボスを施された急な坂に流れる
裏側ではクリスタルがひかっている

天井からぶらさがっている腸詰は
命綱になってやろうともせず
いつも蟹たちの死にざまを
それでも慈愛とともに
見守り続けているらしい

アニヴェルセル

ケーキに立てられた花火が消えないうちに動画撮ってストーリーにアップするよ（だいじょうぶかおはうつさない）（あっという間に消えてしまいそうな花火とプレートに書いてもらったなまえだけうつすから）隣の席のしらないおねえさんたちも拍手してくれてるこんなばかばかしい空間が好きだよ、ハッピーハッピー歌っちゃってさ、おめでとうってコメントとキラキラしたスタンプ押してメンションつけて公開！いまから24時間世界のみんながおめでとう、なにがおめでたいのかわかんないくらいおめでたいね。インスタさわってるうちに器用な子がきれいにケーキ切り分けてくれてた消えた花火はだれが食べるの？はかなすぎる花火でおめでとうなんておかしいよね、永遠に灯したいろうそくをひと息に吹き消すなんてそんなルールは誰が決めたの？（ケーキふつうにおいしい）（適度なあまさのクリームうれしい）向こう側の席ではまだ水曜日なのにクレリックシャツの男の子が前のめって見えないと思って彼女にキスしてた。わたしはクリームを舌で転がし溶かしながら瞳孔にそれを記録させようとして眠くなったりしてる。最近どうしてたって聞かれても眠かったとしか答えられない、最近なにしてるって聞かれても眠ってるしか思いつかない、五月病を目覚めさせるにはまだ火力がたりないからこんどはだれを祝おうかって考えるほかはないのかもしれないな六月病にもかかったし。ねえいつかカレンダーを見てよそのころになったらタイムラインに注意を払ってよ知ってるわたしのバースデー？（おめでとうのことばがほしい）いつかわたしも祝われたいって思うばかりでいたときもあったけど、もうそんなことも思わなくなってきた（気がついちゃった）（人には陰陽二種類あるって）夜が深まる寸前に笑いながらわかれて歩いて帰ろ。三宿の交差点はいつだって気がとおくなる緩慢な坂で疲れちゃうからお稲荷さんの前でまどろんで化かされたように夢を見ていた佇んだまま。

unpinned

グーグルマップで住所検索すると
地図上にピンが刺さる
じゃまな赤丸取り除いて
白地図にしたい

ダイヤブロックを組み立てる
魚の骨を除くときみたいに
東京の道路を抜き取って

かわりに新しい線を置く

磁力を吟味する足裏が心地よくて
看板という看板の文字をひろって

虎ノ門ヒルズに続く道の街灯は門前町
生気のなさがすばらしい
アンダーズ東京
アフタヌーンティー
カラフルなエクレア

日枝神社のエスカレーターを駆け下りて
つまずいてころんだ
折れた骨をビニールに入れて

雨夜の弁慶堀に投げました
濠では流れゆけ（ない）
——沈め——

やがて干上がり
抜かれた骨の浮き出たところ
ここがわたしの墓地になる
——埋まれ——

石膏で顔を洗う
デスマスク《死化粧》
ほうれんそうが歯にかかる
地図上のピンの感触で

トランス／イントレランス

つけたばかり人工の長いまつげはしばらく濡らせない。だいじょうぶ花粉症はおさまってるしたぶんかなしいことは起きない。小雨に地下街の3COINS《スリーコインズ》は傘を求めるひとの列。きっとすぐにこわれる傘を抱えてまつげをかばう女の子たちの21世紀、傘の代替品を誰も考えようとはしなかった。夜の雨音は見えたはずの火星の代償、鉄筋に囲まれてもまつげが湿り気を持つのはなぜですかオイルのクレンジングも湿気も厳禁なのに。自まつ毛は生え変わりの時期をむかえつつある。

ラ・テール《パン屋さん》で買うものはいつもとおなじ美瑛《食パン》の風。トランス脂肪酸《ネオソフト》をたっぷり塗る自傷みたいな愛。厚切りは生まれた土地のしきたりで五枚切りの重さが教えてくれる食育。がさつく足の裏を滑らかにするための炭酸フットバス。肌寒い春の風はすぐに初夏の涼風になるんでしょう？
飛ばされないよ
アリアナ・グランデの歌に合わせて
一音ずつを踏みしめて

手にしたしろいお皿にお料理をうまく盛れない。癖なんだ、こわいんだ。愛想笑いをするのもつかれて、低い天井やくすんだシャンデリアに勝つつもりもない。またきょうも食べそびれたデザート、つぎのお給料が入ったら月の土地を買おうか。なまえはガトーフレーズ、まったりと気泡《クレーター》。

ショートボブとショートカットのあいだの絶妙な加減を求めて答えてくれる鋏が気

持ちよくて鏡ごしに指先をずっと眺めているからいつまでも飽きない。夏はアッシュブルーって決めてたからアッシュピンクの髪の毛にさようなら、冬のピンクが嘘みたいに今度は青くなる、雑誌が読みやすくなるように膝上に載せてもらったふわふわクッションをだきしめたくて淹れてもらったつめたい紅茶の大きめの氷を無理して噛んだ。青っぽいみじかい髪の小さな丸顔の裏通り、のぼってゆけ金星が近づく月へと
その裏側へと
熱を帯びてひかれ
塵のように小さくとも
その瞬間だけのために
生きろ
筒から打ちあがって血肉を散らすより
クラッカーの銀紙の一枚がいい
ジノリのしろいマグカップ

柄が取れたなら
デスティニー
生まれた星の方向に流れ落ちた滴《チャイルド》

ひとりならパンは焼かない
においはしなくとも
食パンのしろさはかわらない
無垢な朝のはじまりの記述

髪の毛を洗いこすらずに洗顔してブラシで溶かしながらまつげを乾かす。からまないようにすこしでも覚えてもらえますように。けさも湿り気を帯びたそらは雲に満ちて永遠に色のない世界でもわたしたちは生きてやがて生き絶えるから、見えない裏側のガトーフレーズに埋めてもらって、そこからは一緒になりましょう。やがてガトーフレーズは開発されて発掘されるからわたしたちはミュージアムの片隅に、黄ばんだマーガリン《ネオソフト》色は避けてほしいから漂白して食パンのしろに染めて。

小雨に濡れてもしろく光るボーダーの、ストライプの横断歩道を見ていた。まつげは天然でも人工でもわたしの思いをとどめるたったひとつの強い器官《オルガン》。

速贄

札ノ辻から見る東京タワーは大きくない近いだけ。届く距離だから買ったばかりのリップで左下から右上へななめになぞる、キランてなる、すぐに消える。すずしいデッドスペースを埋める。魔法なんかは使えない、ごく普通のはずなのに魔女になれない

ぬるい運河はいつも無関心にあしらい、新幹線はまだブレーキを踏んだままで次の一手に迷ってる。いずれ漲れ、すりきれかけてＩＣの磁気

欠くことのできないもの《エッセンシャル》を諳んじ／感じやすさ《センシティブ》をからかい、グーグルサーチコンソールは、であった人たち／たどった道全部ぜんぶ教えてくれる。来ようともしない人をどうやって呼び寄せるのか、ＳＥＯ《検索エンジン最適化》のアルゴリズム、メタタグを並び替えながら第一京浜、マリンバの音は濁りを持ってきらめかず

エンベデッド
埋め込まれた思い出だけが世を成して
ラブリーデイ
凹凸はベースメイクで隠す
導入液《ブースター》が夜に整理する

瓶の金平糖《コンフェクト》を噛み潰す力があるなら、小粒のイルミネーションを踏み潰すくらい——滾って爆ぜる道先の電熱に凝り固まったくびかた。引き裂かれて！　喉元にひっかかるかけらたちに動かされている街よ

カットして間もない髪が引っ張られ靡かない桜田通り《都道白山祝田田町線》
電球ひとつねじ一本抜き取ってやすらぎを妨げ
足元たどるピルグリム／ハッシャバイ
ノスタルジアを高層ビルのガラス壁に宿していま、

とどまって。赤羽橋の交差点までは待っていてバイブレーション、磁気の谷底に融
けず交わる形々《かたがた》がいちずに戒めた明るさ、まぶしすぎたリップ、ゆらめかない塔を
もうひとなで

磁気が反応しなくなる前に上書きされ《オーバーリトゥン》
ひかりをすべて吸い込め夜の泡《トゥインクル》

とどめられて。飯倉の交差点、一日は東西の浮き沈みだから南北に分断するように

歩く。しかしそれも猛禽の嘴に捉えられここからは進めない、いいえここへすら歩
けていなかったのかもしれない。運河の脇の札の辻、リップひと塗り眩いはずの唇
が渇く
指輪の下のほくろに自分さえ気がつかなかった

東海道新幹線のぞみ号《Nozomi Super Express》がビーアンビシャスをまだいわない
スピードをあげない／あげられない　此処では

捧げられても
その意味を知ることはない
つめたい空気のかおりを知らず
ただ供犠として
おそらくは供犠として
あわく

あたらしいダンジョン

雪解けてなめらかに滲みはじめた暗渠なら流れる。眼球の膨張の果てしないのを素手で抉り出し浮き上がった網膜をボウルに入れて泡立てた。新しい泡立て器のステンレスを腱鞘炎になびかせてはいけないと必死でガラスの曲線を掻き乱させツノを出すほどに挑発し固まらせたらすこしかたいバニラの香りのスポンジ、巻簾で巻きすぐに無言で食べきってやれ三月は水、舌のうえにいちばんよいころあいをメモして記憶させる媒体《メディア》

止まらない涙とのどの腫れぼったさと咳は異物混入の警告音であると気づいた時に

は遅すぎる、救助してくれるはずのアレグラ氏も体軀はブロックするにはちと物足りない。外側からはがしてゆくくらいならできるかしら？　はがし液を塗りたくりデーニッシュ生地をめくるがごとく一片一片を屑にして剝落させてゆくと仄甘い欠片が堆くなってしまい、重たさに耐え切れず割れた陶器一枚ウェッジウッドさま

曖昧模糊としている神経細胞《ニューロン》
さあ、目覚めなさい
浴槽にエナジードリンクそそいで
（沸かして入ってげんきになろう）

目が白濁したゼリーになるのを避けて逃げたビルのテラスからＳＯＳを発信しても走っていたはずの電車はもういない高架から落ちて地面を突き抜けて地下深く隠さ

れて入り口がわからないさようなら、櫛型に五本の手を開いてかまぼこ型に背を曲
げ下を向き立位体前屈、落ちてよ！　落ちてよほら眼球落ちて転がってゆきなさい
かわいいケースに入れてあげるから転がってゆきなさい、むず痒さを踊っていない
で流れてゆきなさい、桜丘から南平台を落ちるように転げそれから登って西郷山越
えて目黒川の取水口に溶けてきたシナプスが眠る春
くしゃみはいつも混声合唱（天気いーーね）
乗換には随分と時間がかかるノンストップなドリームラッシュ
ここにはもうすきまなくあとは放出するしかないのです
（うたた寝を経由しても同様の結果を得られますからご安心なさい）

繊月が北西から遷移してきたらミニクロワッサン
くわえたままで開けるクレセントのドア
愛らしい花柄のファブリックに顔をうずめて号泣止まらないのは夜風に揺すられた
花弁から滑りおりた薄力粉の汚《けが》れありすぎる悪戯《わるさ》

見なさいマルセリーノ
　しろい粉がまた散っていきますよ

眼窩の閘門は閉じたまま唐紅《からくれない》の河床

目尻からとめどなく落つる
春先の水
計算しきれない流量
堆積する薄力粉
混ぜて
霞にかわるグルテン
鉄板に撒き
焼いたら

きっと
おいしいで
しょう
ね
？

網膜はまだ大量に余っているからカップに入れて保存する、取り囲まれ流す体液が敷石の隙間を泳いで浸みる円グラフの枠を指先一本はみ出し流れを堰止めることなどできもしないから大きく息を吸うやぶれかぶれの深呼吸、よしなさいと旋回して諌めてくれるはずのPCのファンさえもいまでは陽性のくしゃみ、ブラウザが揺れる。ホイップクリームを舐め飽きる

イノセント・ビュー

シアターコクーンを出て歩くのは
〝奥渋谷〟のフラッグ揺れる神山町
マチネの観劇には重すぎたアンチゴーヌ
有休のきょうまだ数時間のこっている
けれど
もう活動終了
アンチゴーヌ
十字架

まっすぐな瞳に射られてしまうと
やましいことのある人生
どうにもふらつき歩みが悪い

夜半から雪になるとみんな知っている
雪はきっとイノセント
小さな映画館とおしゃれな書店と
くるくるまわるキャンディーショップをながめて
それだけで満足なんだ
でも
雪にふれたい
であいの感嘆を手に入れたい
冷え込みの錠は外されて
きのうまでもきょうからも

混沌はうるわしく成り得るのか否か
おぼつかない足取りのまま
やみくもじみて前進する
ローソンのカフェオレのカップ
頬にくっつけて楽しむあたたかさ
やわらかさにはどこか科学の棘がある
官能的じゃないアンチゴーヌのあどけない色気
(あんなふうにはなれない)

古裂れと真新しいコットン生地が入り組む
パッチワークみたいな商店街
抜けて
寒々するホームから電車に乗った

（雪と接触したい）
（であいの感嘆を手に入れたい）
（無償の）
（いとしさを）

神話を夢見て目覚める朝の窓ガラス
期待していた風景は貼りついていない
大道具さんはきっと忙しかったのだ
つめたく長い雨粒がのたりと地面に寝そべり
不敵に笑う小憎らしく
厳しくまっさらな冬の雨音
冷え込みの錠は外されているのに
しろいしろいしろい冬はこなかった未完の対面劇
あいたい人にあえないのはさびしいと泣く

さびしいと泣く

純粋なはずの季節に
きのうまでもきょうからもいつまでもいつづける混沌よ

其方はうるわしく成り得るのか否か

エクスカーション天現寺

首都高を羽織る高架下
日当たりは気にしないなんて強がってみる
威圧するホテルニューサンノー
向い側を匍匐して制圧されない
てっぺんでペンライト
振り回して踊ることもない

ひきさかれなければ
すべてはいつも還流《リインカネーション》

渡り飽きた交差点、旋回する歩道橋、ヒロオプラザ、ナショナル麻布マーケット、
幼稚舎の塀、ＥＲの文字、同じくらい大きなスタバのマーク、すべてが忘れている
橋の名前——車の音がやまない。夜ひとり速い車列を愛でチェイスするときにこ
から落ちてしまってもラジコ《radiko》あるから史香《DJ秀島》さんの声途切れない。チューニングしな
くても最適化されるヘルツがおりてきてもうだいじょうぶだと笑うけれど少しずつ
近づいていきたかった。誰かの声も自動車も救急車も足音も、すべて音は言葉に変
換できる。ふくらんで弾けるトラフィックインフォメーション／ウエザーニュース

知りたくない
しあわせになれないあすの予報を

橋の底は鈍色に光る紫外線
乱反射した一昨日の残り雪

小さすぎる分水嶺、川の水がこんなにくろいのは上流から転がってくるのが墨だから。川は鳴かない。静けさはラジコで癒し、でもあしたのことなんて知りたくなかったその日。喧騒を飲み込んで細く暗く深い川。そこからは先に進むことはできず、張り巡らされた歩道橋にもどりレンガの壁と病院とそれぞれの先に流れる道を選ばされ
さようならと
いう

雨／海抜の／3.8／4.3／すれすれに、やぶって溢レル。
いっしょに苦しみませんか／落ちましょう《ラブスーサイ》
いっしょに／こころざし／まなざし／

物語に収斂させ

（ひきさかれなければ）

道なりに落とした念は霧消させても
まだ朽ちない形骸を捨てられない
跡を残さずになにかつたえたい
ミストみたいに
（噴かれて引き裂かれたい）

なにも信じていないのに
歩道橋のうえでうたう
Te Deum laudamus.
Te Dominum confitemur.

川の水が蒸発してくろい底が見える
その姿は忘れられたわたしのための特別な日のもの
声を上げることを求められないわたしの
ちいさなちいさなげきじょうだった

ひきさかれることなく
川はつながる
つぎのなまえになりすまし

そらいろ

みじかいランチタイム
コーヒー屋さんで頼むのは
息するためのモカソフト
小さいベア《くま》の形のビスケット
クリームのうえにすわってた
彼の抱えるカカオ粒は
抑揚のないおつかれさまに
かくされた罅

*

どこにいても仕事とつなげてくれる
チャットワーク《Chatwork》／スラック《Slack》
ファイリングしなくても名刺管理してくれる
エイト《Eight》／ウォンテッドリー《Wantedly》
フィクションがフィクションじゃなくなって
夢が夢じゃなくなっても
片思いは片思いのまま
主に倫理上の問題で
アシモフの三原則のように
恋愛のルールも変わらない
マッチングアプリにであいを求めるのも気がひける

22世紀はわりと近づき
世界のおわりは見えない
ＲＰＧがまたはじまる

フェスのうしろのほうでぼんやり
知らないバンドの曲を聴く
やんちゃな峯田がいい人の顔をしてドラマに出る時代
善悪の区別なんて見えはしない

男の子たちはいいよね
大人にならなくても少年らしいねですんじゃって

＊

爪に置くドットはどこからか来たたしずく
オフィスカジュアルな色のうえにみずたま
濁りを消すようにあらわれる泪の

*

夜の約束には
みんないつもあとちょっと間に合わない
息を切らして登る坂
頬はいつでも紅潮し
夜といえどもセルリアン《そらいろの》
なつぞらだった

oggi

つるぺってチョコレートケーキの崖
皇帝の石の城の際
手の甲に感触（なにもない）
指の間にだれか（なにもない？）
眠りへと急かすまぶた
朝には二重になってたい
川沿いに拾うグラス
かけら

散りばめたら咲け
輝け
傷を撫ぜ
口づけ
ついばみ
道すがら
いつ
支《わか》れたの
オーロラ色の石を
指先にとじこめ
きらきらさせるときだけが
うれしいのなら
ずっとひとりでいられる
（歩けはしなくとも）

割れるときウエハースは
声をあげず
ただ軋んだ

猛火の線路
焔に愛された御殿
（トリアージがはじまる）
自焼没落
夢のまにまに
川面は去っていく

（たすけてください）

かたい

みずの
しぶき
みどり

あざやかに傷はひらいていった。吸い取られもせず流れていった。いたわってくれるぎこちなさに疑念をいだきコーヒーカステラの賞味期限を口ずさめばオレンジの風味が飛び散って傷だらけのからだで煮こごりを求めてそんな夜もあったこんな夜もあった。はだかのほうがきげんがいいわたしはルームウェアはもこもこしているから脱ぎたい、捲って

永劫アップローディング

魂魄は永遠に乖離している
未発見の位相《フェーズ》
未到達の次元《ディメンション》
浮いている恒温水槽
チープなSFみたい
脳《ブレイン》みに溢れる素顔
電極装着、ルルルンのフェイスマスク
乖離しながらおたがいを思いやり

ＧＡＦＡから得たデータ
フィード広告流れる新色を魄へ
配信されたばかりの新曲を魂へ

しずかに近寄ってすごい力で飲み込むとか
一瞬の光でエネルギーを放つとか
そんな不謹慎な力がほしい

欲しているのはライゾマティクスの質感
洗っているとき虫《warm》が現れるキャベツより
暗室のＬＥＤに育てられたレタスがだいすきだよ
コオロギパウダー入りのクッキーはちょっと無理かな

人口の爆発的な増加により２０３０年ごろにはタンパク質の需要が供給を上回

る「プロテイン危機」がやってきます。世界を変えるための17の目標、持続可能な開発目標・ＳＤＧｓの御旗のもと、みなさん力を合わせてイノベーション
を創出しましょう

（17のゴールは本当に達成されるのか）
（節足動物なんて嗜みたくない）
（ゲノム編集されてもいい）

発酵よりも発光させてサイリウム

世界は常に更新されつづける
切り離されても切り離されても移植されて
ずっと生き続けることもあるかもしれない
誰かの手があみ出した奇跡の術

おもしろければいいとは雖も
ゴールがゴールと決まっていない
これはなんてなまえのゲーム？

未来構想

ゴーストタウン化しても
さくらまつりは生きていた
定点観測する桜丘の
あてられて眩暈と瘴気
南平台／ホテルエマノン
購入するおしゃれなキー
トゥ《to》・ゴー《go》するアイスラテ
曲がるところをまちがえ

広い道の音を聞きながら
狭い道を廻って
テロメアを転生させたい

コワーキングスペースの
ドロップインで借りるデスクとチェア
サーフェスゴー／トゥ・ゴー
スニーカーとTシャツ意識高き人々
スタートアップに必要なのは
ヴィジョン
ミッション
キャピタル
エンジェル

何年かまえ桜丘から電話をかけた
きっと伝わる満開の美しさはシナジー
トゥ・ゴーできないとおい場所まで
テロメアを遠征させて
おなじ花色感じたい

街ごと消えた区画のそばで
桜はことしもぶじ咲いて
満ちてゆく創造力《creativity》
わたしもしっかりに花にまみれて
最＆高

すこし離れたホテルエマノン
ゆきづまるみちの鍵をほどいて

花びら舞う季節に
仮死させた土地
また目をさます再開発《redevelopment》
レッツ・スタートアップ
耀う未来《future》
ひらいてこ

ぜんまいじかけのあわい

発条を巻く
昼間に降ってくれた星
満天の空にきらめいていた星
あの空にはひばりが飛んで
建物のあいだ
子どもたちを運んでくれたのよ

やがて発条もかぎりが尽き

星空は消えた
ひばりもとうに息絶えていた
なつかしいビルヂングも亡くなり
区画すらゆらぎ
星ふる夜
いつのまにかの白夜
つめたい夏の思い出よ

ねがいがかなうのなら
オムレツ屋《ラケル》さんの階段に置かれた
バケツいっぱいのじゃがいも
坂道に転がしてみたい

交差点ではゆくさきを失ったわたしたちが

映画を見ることもできなくなって
ただ涙流して

昭和九年の生まれなんですね
百まで生きられなかったね
秀《しゅう》くりぃむはもう食べることができないね
東横ボードから
マークシティの下へ
待ち合わせはうつる

うつくしくされた橋は
それでも高速を大型車が走ると揺すられ

こんな雑多な街にどうして

ラウンダバウト
えらばずに
攻め込む
スクランブル
昼間に星ふる日々のおわりは
白夜のはじまり
おつきさまもわらわない
エアー
あたりまえに空はスカイ

息が
苦しくなるよ
それでもわたしたちはまだこの街を愛し
スペースシャワーTVのランキング

やさしい歌を求めて
もうすぐ昇ってゆける日を迎える

目線が低い谷底の塔からも
空はひとしく広がってゆくの？
ねえ
おしえて

わたしたちはそだった
坂道の硲
遠い土地の満天の星空に
陥らされるような惧れより
この街の空が
いとしいの

くもる日さえ減ってくれれば
この街だって果てしない

遠目にきみがわらっているのを見て
わたしは泣いた
ひとりきり泣いた
あしもとにはたえず瀝青がある
変わってゆく時間にまかせて
だれにも気づかれずとんで
スマホ開いてそのさき
ひかりをそのさきへ
たくす

発条のきれたいまだからこそ

ゆるやかに波濤
舞え

サイネージのひかりには
眩まずに潰されそうだ

そうだよ
雲が去んだから
こんなにもきよら

ストリーム

故郷みたいにしたしんでいる街に
お目見えしたあたらしいタワー
吸い込まれるアンドロイドの親たち
なんでも教えてくれる先生たち

裾にはくろい水がにじみ
レモネードを飲む浄化されない川のそば
潰された種でにがみばしるのもいいね

あいした線路をなくしたからだにしみる

慣れない進路を示されてたじろいだけど
濁流にするのは本意ではなく
言われるままにしたがった

ねえ聞いて
あの夜耳をふさいでしまったこと
おしまいの発車ベルなんてうそでしょと
駅のゲートが閉ざされ
かたちをなくしてゆくさまを見ていた

（それでもここにいたい）

明星をよいからあけまで追い続ける
この街にもそらはあるしとてもひろい
道筋がかわっても
同じ金星を見ていてください

故郷みたいな谷底の街に
わたしたちはつつまれて
よどむことさえいとしい

擬似録

ボタンひとつでブラインド上げて
ともしびたちを眺めていた
指標《メルクマール》となるものは見つからず
ゆさぶられるばかり
見つめるだけでいい
ゆさぶられてはならない

熱を持ちたくない

つめたくあおいものをめぐらせたい
流す体液はしろによく映えるあおいものがいい

ボタンひとつでブラインド降ろして
ゆさぶるともしびたちにさようなら

あとすこしで終わる仕事《こと》がある
ふたりでは冬を越せないのに
ひとりなら凛々と越えていける

たわむれろ

日傘もささずに並んでる晴天の道ぞい
そんなに暑くない日
ちょうどいいスナイデル／ワンショル
アネッサ《日焼け止め》塗って安心なＵＶ
キャッサバって知ってた？
春水堂《チュンスイタン》
地理の教科書に載ってたの
貢茶《ゴンチャ》

まさかであうなんてね
鹿角巷《ジ・アレイ》
でんぷんってなんだっけ
ヨウ素液で浮き上がってくるあれ
青紫色
太いストローで飲むミルクティ
吸うときちょっと強めに力
入れて一つひとつ
流れてくる珠
キャッサバなんだってこれ
キャッサバのでんぷんなんだって
いろいろ飲みつくして
それでもまだ飲みたいって
タピオカミルクティー

たのしいじゃないプチプチ
おろした前髪と
平行眉毛と濃い口紅で
たのしいじゃない日曜日

ワンデーのカラコンが乾きだしても
遊びたおすんだ
マキシスカートで
遊びたおすんだ
ヌーディで華奢なサンダルで

たわむれろ
暗いフロアの片隅で肩を露わにして
眠っている暇があるのなら

たわむれよ？
ほらＤＪもっとアゲてよ
たのしませてよ
終電まではアゲてなよ
たわむれたい
夜のカフェよりきょうはこんな気分
一億総ダウナーな日曜の夜
塗り直したアディクション
チークがツヤって
首のグリッターラメって
発光しちゃう日曜日
足もとに投げられたロープを
巻いて引きずり
ゆこうゴルゴダの丘へ

悪人は正機しない
しろい指たちを招き入れた扼軛
これはなんていう劫罪？

たわむれよ
片手を耳に
口蓋をふさがれ

おとなのふりをしていても
はじめはいつも少女の閾で
みんなそれを隠すために
表層でじゃれあってみる
大人になったらなったで
少女のふりをしようとして

分離をやめない意識《awareness》
ななめ掛けにしたおさいふポシェットのなか
モバイルスイカが帰ろっていう
あした月曜日だよ
ペンギンが哭く

潤んだ目で
見つめるべき人を失って
この街のこの夜にこの坂に
キャッサバのでんぷんの珠
投げ合いっこしたい
遊びをせんとやの精神で
たわむれよ
ねえ

生まれけむ
たわむれて
あそぼうよ
ねえ
あそびなよ
たわむれろ
たわむれろ
たわむれろ

小雨の道でプラグドなストリートミュージシャン感電して焦げつきな、覚悟がないなら消えな。夜のオフショルって滑稽だ夜の赤い唇はママに叱られる夜の前髪はいたたまれない、アイフォンに保存した古い画像全部消してしまうまえにＬＩＮＥでもしてみようかたわむれにこんばんは

たわむれろ
いま塗らないと
その口紅はもう塗れない
その肩はもう出せない
キャッサバはまた生える
女の子たちは消費している
じゃれあって
たわむれているだけの
女の子たちは消費されない

目次

ひかりへ

著者
紺野《こんの》とも
発行者
小田久郎
発行所
株式会社思潮社
〒一六二―〇八四二　東京都新宿区市谷砂土原町三―十五
電話〇三（三二六七）八一五三（営業）・八一四一（編集）
ＦＡＸ〇三（三二六七）八一四二
印刷・製本所
三報社印刷株式会社
発行日
二〇一九年十月十八日